疆|阅|典|藏

雪与尘土

王兴程/著

新疆人民出版社

图书在版编目（CIP）数据

雪与尘土 / 王兴程著 .—乌鲁木齐: 新疆人民出版社, 2021.12（2024.7 重印）
ISBN 978-7-228-20874-6

Ⅰ.①雪… Ⅱ.①王… Ⅲ.①诗集—中国—当代 Ⅳ.①I227

中国版本图书馆 CIP 数据核字（2021）第 260072 号

雪与尘土

XUE YU CHENTU

出 版 人	李翠玲	装帧设计	陈 飞 刘堪海
责任编辑	陈 漠 王金枝	责任技术编辑	杨 爽

出版发行	新疆人民出版社
地 址	乌鲁木齐市解放南路 348 号
邮 编	830001
电 话	0991-2825887（总编室） 0991-2837939（营销发行部）
制 作	乌鲁木齐捷迅彩艺有限责任公司
印 刷	新疆新华印务有限责任公司

开 本	880mm × 1230mm 1/32
印 张	7.5
字 数	200 千字
版 次	2021 年 12 月第 1 版
印 次	2024 年 7 月第 2 次印刷
定 价	38.00 元

目　录

第一辑　雪与尘土

第四辑　流水的光阴

第一辑

雪与尘土

古战场

落日开始告别
戈壁上，篝火黯淡
战士的铁衣比刀锋更冷

你能想象的都已经被风带走
大雪之下的沙砾、飞蓬、战马的腿骨
都已安然睡下

隐约的村庄陈旧，林带稀疏
这些折断的箭镞
像是谁在地球的纬度上做了一个标记

天黑下来了，黑暗重新回来
一条路在大雪中指向了未知的边界
如果你抬起头
海市蜃楼至今还在准噶尔遥远的上空

准噶尔大雪

北疆忽然安静下来
只有风还在吹，风只是经过

无法判断是开始还是结束
一场大雪，便可以将准噶尔和人世隔开

没有什么能够遗失在大雪之后
包括戈壁、羊群、裸露的骨殖和车辙
和万物一样，它们全都回归了属于自己的世界

我理解你此时的孤独，多么奢侈啊
在准噶尔，这是一只蚂蚁也曾有过的浩渺与苍凉

此时，正适合展开一场宏大的叙事
关于存在、经过和消失，关于寒冷中
世界的每一个细节与记忆
但必须省略掉语言、修辞和逻辑

省略掉那些指点江山的欲望和人世的悲欢
此时，应该将所有的历史封存
只能听雪的声音

一只鸟突然飞起，向北
那里有更深的雪
在冰冷的时光之后
我们无法想象一只鸟如何安置最后的故乡

更多的雪还在路上
在准噶尔的天空下，你看到的地球是空白的
世界从未来过

飞　蓬

给它一处江山
把它交付给大漠孤烟，长河落日
再给它一个爱恨纠结的朝代

给它一处江湖，一叶小舟
给它一个空空的胃，给它一杯酒
一饮而尽
给它一个知己，高山流水
两行风干的泪

给它一句唐诗，把它还给王维
李白和岑参
给它两枝桃花，三月里的长安
再给它一个边疆，一行归雁
一颗故国之心

现在应该把它交给准噶尔盆地

一场春天里的大风
交给一个叫王兴程的诗人

乱　石

声音已经消失，进入石头的内部
消失于难以追逐到的时间
它们都有着英雄的梦想
想在盛世中找到自己

现在可以看到
坍塌后留下的遗物
所有的头颅都在仰天长叹

它怀疑过隐忍和伟大的意义
它曾咽下了自己迸出的火星
想让自己和时间一样的恒久
但肉身与功名，情欲和仇恨
都是一样的刻骨，难以描述

可是隐藏的裂纹，流向了身体的内部
好像有水的痕迹

一根神经暴露出了疼痛的底线
它有着这个世界上最硬的一部分

这时候你该知道了，所有坚硬的事物
都有着无法愈合的内伤

其实水还在后面，怂恿着石头
像推动着前进的历史一样
而时间一直在加速，它追赶万物
又将它们远远抛在身后

你也许能够想到
更完整的表达一直在生长之中

鹰 笛

现在拿起来，放到嘴边
仍然可以感到有强大的气流正穿过高原
是的，你现在听到的，是我从帕米尔带回来的声音
“我曾去过那里，知道过太阳、岩石和风的秘密”
故事开始——
很多传说至今还在酝酿之中

起风了——
风暴，正从一根翅骨里吹出
大片的阳光被摔碎在帕米尔顶峰
“我曾心怀理想，地球仍然苍茫无边”

我们想去揣度一只鹰的经历
但所有的感知，现在只能通过这一截
小小的骨笛来完成

想象一下吧——

千年过后，当帕米尔重新成为大海
一只鹰还能否听到自己的声音

沙　棘

记忆中有人追赶盗贼，翻越塔什库尔干
那时大雪落在了帕米尔
战争一闪而过

至今有人吹响鹰笛
试图唤回被风吹散的灵魂
那时天倾西北，大片的美玉散落于戈壁
此时我仰望雪山，喊不出一句话来

“遇到的不只是命运，还有遗忘和另一种自由”
花朵还在开放，细密琐碎，温和而良善
有刺，它只是抱紧自己，但不针对这个世界

鸟雀飞起穿过枝干，琴弦一样颤动
现在我安静，雪山睡眠——
岩画上的事物
开始再一次进入了世界长久的梦境

“所有的表达因缄默而成为化石”
一直以来，我想从酸涩中提取另一种味道
现在，我隐藏了体内生锈的铁
却拿出来一粒粒琥珀般的心

高原，记梦

群山飞翔，群山有着恣意的苍茫
群山在抒情时，肯定有自己的想象
怀念，仰望，飞起的尘埃
隐没在岩石中的爱情已经远离人间

再次虚构一场盛大的舞蹈
被狂欢覆盖的高原
歌唱的人隐隐而来
歌者正掌控着持续的高音
逼近帕米尔的阳光

人群旋转，群星散落。转世的
石头汹涌而来
那些久远的海浪，拍打着巨大的草滩
帕米尔的风还在奔跑，大风
一如既往地奔赴空荡荡的高原

其实，只剩下了你
一个陌生人的舞蹈，展开的肢体
裙裾翻飞。渐渐低弱的呼喊
让一场盛宴成为孤独者的天堂

落日疲惫，落日持续高烧
不愿意回忆
茫茫的草滩在承受着往事里
所有的枯黄和艰难

那些蓬勃的理想，我们爱过的事物
和前程，最终都是满怀惆怅
高原上，你会看到
往事全都成了一颗剖开的心

而那些被抛弃的肉身
却在日夜追逐曾被遗忘的灵魂

塔什库尔干

鹰在飞
鹰扇动着羽翼
在高原上投下一个巨大的阴影

云回到低处
云俯视着石头，遍地的石头
一群祈祷者失血的亡灵

笛声尖厉，笛声含在一根翅骨上
辗转于塔什库尔干
寻找那个多年失散的人

失忆的人走过高原，失忆的人重新想起
干瘦的河里，一块玉石
还埋在冰冷的水底

大风持续，大风吹散了尘埃和星星

塔什库尔干，从正午到黑夜
一具风干的肉体里
隐藏着一个诗人衰弱的呼吸和低吟

今夜的月亮在沙子的后面

今夜的月亮有流离之苦，出天山
隐身于麦盖提沙子的后面

今夜鼓声消遁，露水干涩
玫瑰一直低着头
今夜的彩云仍在伊犁河谷

今夜无风，虫鸣休止
南疆的白杨高过夜空

今夜的楼上，歌声沙哑
疲惫的火车仍在铁轨上

今夜，难得一杯酒啊
麦盖提的沙子百无聊赖
把月亮的镜面一遍又一遍地打磨

甜　瓜

镂空的网，使它具有天象
可以触摸到流星的轨迹，山体、河流
还有自己寄身的沙漠和那些古老的版图

旋转时，可以还原成一个星球
它有着自己绘制的经线和纬线
沿着其中一根
去想象那些坐标和一段历史
但源头却无法追溯

可以忽略那些光合作用的过程
但细细品味时
舌尖就可以触摸到它酿制糖分时
黑夜里储存的寒冷

我们无法揣度，时间是如何完成了
对一只甜瓜的雕刻

所能理解的，就是它静止时
是一件文物
所有的沧桑就在突然裂开的一瞬

葵花开放

我确认这是八月的太阳沦落人间
它的身世不为人知
它被自己的光芒穿透，打开身体
千万次的裂变就在瞬间完成

这是秋天的喀拉达拉
故乡的葵花在迎风招展
一群小小的太阳飞越河流，村庄
飞越辽阔的原野
在葵花的天空下，河流多么寂静
村庄多么矮小
这人间的一切，终于被巨大的金黄吞没

葵花开放，旧时的天空消散又聚拢
多少年，我穿行其中
从喀拉达拉一路向西
土地荒芜，葵花在燃烧

那时，一个人在高原上流浪

漆黑的夜，一群乌鸦飞过村庄
葵花高举着火把为它们指引道路
那年的村庄一无所有
人们沉默着，面无表情

葵花开放，大风吹过一瞬的辉煌
和那么多虚无的命运
吹过燃烧过的灰烬

你知道，一切终将消失
可我还想，是哪一年呐
你还能照着我富贵还乡

玉门关

此时，需要补一些诗词的功课
才能完成一些想象
从车窗里望去，我打开了唐诗的一页
我尽量隐去铁轨、站台和隔离的栅栏
想把此处置换成唐朝的天空

如果此时下车，我就退回了关内
换乘一匹马，告老还乡回苏北老家
如果继续往前
我就是那个出了塞的王之涣
岂止是楼兰、龟兹，三十六国啊
我的前面还有西去的伊犁河和霍尔果斯

此时的车站正合了凉州词里的意象
天空灰暗，城市遥远
黄河还应该在云层的上边

只有风沙还在原地
只是几排白杨，它们挺立的身子在稍稍倾斜
朝着长安的方向

银　川

我听到的歌声
好像是从边疆尾随而来
它们顶着细雨寻找我
流浪在银川的大街上

它们忽远忽近
最终消失在银川街头
我忽然伤感起来，多年来都没有发现
一首歌也有着漂泊的命运

雨渐渐停了
最后的光线进入了十一楼的房间
眼前的一切同我一起陷入长久的沉寂
此刻天近傍晚
晚霞飘浮在贺兰山的顶端
仿佛进入历史中的某一刻

我静静地听着大街上的车流
它们好像汇入了黄河
从这里经过，然后一路向北

我想象里的银川那么远
可就在这个黄昏
我感觉到远方还在更远的地方

海　棠

南风吹来，有微小的阴凉
垃圾车和扫帚被放置一边
有人在林带里抽烟、说话
它们在表现一种安静而虚幻的生活
现在，我仍然看到海棠在开花、结果
直至果实坠地，落叶纷飞
它的安静好像从未改变

很多时候，我想说话，但只在心里和
另一个人交谈，像写信一样
风吹动树叶，一阵又一阵波澜涌过
想起一些事来，我欲言又止，把头抬向天空
语句停顿处，影子被拉长
那些疲惫的事物仍滞留在路上

“天是遥远的，有无限的距离”
想到这，我仍会接着前面的语句往下说

有时我会转换语气，甚至将一次谈话
转换成了一个人的自言自语

“置换掉重复的话题”
“当我们重新感受时
世界是否会因此而变得从容和辽阔?”
是的，和万物一样，我们都有一颗
难以平复的心

地球在飞速地旋转，万物奔忙
“我想要的生活，其实是一种被迫”
是啊，这么多年
我们终于看到了一个想要看到的自己

海棠或许会有新的叶子长出
但更多事物都已老去
世界还在挣扎，黄昏若隐若现
“你是你所经历的一切”
下雪的时候，你还会看到
海棠举着透明的果子，挂在冰冷的枝条上

巴克图口岸

边境上稍有凉意，好像有风
穿过铁丝网，但没有停留

你可以看到榆钱飘飞，山峦隐约
它们都在远处，怀揣着历史
有着不被惊扰的平静

沙枣树晃了一下鳞片，芨芨草仍然挺着身子
它们张望了一下，都没有出声

国门像是长城中的某一段
我们爬上去，朝着对面望了一会儿
有人还用了高倍望远镜
他们惊叫了一下，手指向远处
仿佛望到了什么

发往阿拉木图的班车终于走了

它们开始奔赴另一个黄昏

五月的时光在加速衰老
此刻，天底下好像尽是走散的人
他们都有着幻想的天涯，包括夕阳

我也是，这个下午
我想顺便从过往的生活里
寻找一颗故土的心

弦上塔里木河

流沙颤动，琴弦起伏
歌唱的人闭上眼睛，把头抬向天空
他在呓语里植入了自己的苍茫

将声带上的风沙拂去
把声音压低，拖长
他开始把一条大河牵入梦境

这个下午，阳光干燥
我们穿越沙漠，站在桥上
看见它洗净沙子，流进一个干渴的喉咙

像是多年前的一幕
在南疆的天空下
离乡的人在一根弦的低音上徘徊

不回忆过去，不重复苦难

你只需要接上另一个人的吟唱
我曾告诉过你，心怀伤痛者
寻找的不只是泪水

这个下午，我还想告诉你
不用回到故乡，走过塔里木河
你就能找到那个可以相依为命的人

这个夜晚，我都将告别

歌声响起的时候，我想到了院子里的空旷
声音像大水一样漫过门窗
漫过四壁的沉默与苍凉
我知道院子里月光恍惚，树林静谧
李子的花香正在黑暗中潜伏

我知道我将永远离开这个夜晚
那些漫天的风雪和灯火的黄昏
林荫路上的徘徊与自言自语

我将告别这天山以北的梦境
中年里的一次流放
告别虚拟中的铁马冰河，功名与尘土

夜风已冷，海棠还在生出新的叶子
迎宾大道上，车辆飞驰，朝着无垠的戈壁
我还会想起下野地的秋风，芦苇低伏

五月的艾蒿正铺过峡谷的深渊

这样的夜，无数个心悸和安眠
北疆的天，无限的寥廓
——这些我都将告别
其实我告别的只是一个人
他的背影里暗含着不为人知的踟蹰和决然

当我离开的时候，布谷鸟正飞过院子
它一路南飞，声音渐渐消失
它的翅膀好像已经背走了整个夜晚

开发区的夕阳

多年来，让我如此亲近的是开发区的夕阳
还有夕阳下宽阔的马路、青草
无人理睬的雪和来去自由的风

很多时候，开发区会呈现一种寂静
一切仿佛遥不可及
一群鸟蹲在塔吊上，突然飞走
又飞回来。好像在追逐蓝天
又好像在默默地等待着黄昏

有时，我开着车会一阵疯跑
然后停下来，点燃一根烟
这时，心里会有另一个人的声音

多年来，夕阳好像在一步步退却
退到了那低矮的丛林中

退到了河对岸
离我越来越远

在乌鲁木齐的傍晚

桅杆、孤岛、飘摇的天空
我身处大海的另一端
所有的背景清晰或者模糊

寒风吹来，高楼的霓虹开始闪烁
多么冷漠的繁华
这天上的人间，与我有着无限的距离
所有的高架都在旋转、上升或跌下
每一个出口都预设了一个人未知的前程

出租车绕过暗礁，鱼群一样漂过
这个傍晚
在乌鲁木齐的高架上
我飞奔着中年后的人生
朝着虚幻的前方

奎屯的落日

大海退去
戈壁上，一切仍在漂泊
我看到的这些梭梭、红柳、骆驼刺
它们不知生死
仿佛一阵风就能吹跑

群山渺茫，我沉溺于车内的一丝温暖
昏昏欲睡
四十年的光阴啊，飞速地倒退
这一刻多像我曾经的故乡

我看到这颗落日冰冷，模糊
它的翅膀沉重
像是失散多年的亲人，无法相认
此时我却背离它，越走越远
只一小会儿，又将它一个人留在了奎屯

克拉玛依

流云似火，戈壁燃烧
准噶尔，一个虚脱的病人
捂住了自己冷透的心脏

被遗弃的石头，面目灼热
流畅的纹理和线条也被留下
它保留了水的痕迹

天空静止，大水漫过戈壁
有人把海市蜃楼搬到了纸上
若干年后，大海被掏空
一座孤城占据了魔鬼的家园

克拉玛依，一个退烧的炭火
成了遥远的星象
傍晚的时候，大风开始集结

它们穿过克拉玛依
又一次从地狱回到人间

最后的冰雪

阳光柔和，李树伸出灰色的枝条
落在院子的围墙上
一块冰仍然在酣睡，它紧紧地搂住枝丫
幻想中的四肢，还在做出攀爬的姿势
向着更高处努力

它沉湎的梦境来自于坚硬的过去
只是它越来越瘦，越来越小
被阳光穿透的晶莹里
仍然有着透明的热烈和寒冷

三月的一天，我从树下走过，树上空空的
风吹过，李树泛青
枝丫上不曾有过任何痕迹

三月里，当我们抬起头
落花和流水，还有那么多的事物都排好了队

它们和那些消失的人群一样，开始告别
告别这无辜的春天和尘世

春天里，你曾寄予过多少深情的事物
已经在瞬间里无影无踪

长河落日

将落日安放在长河之上
这是谁的主意
是谁让长河成为落日漂泊的故乡
他的胸中一定有江山万里
想他一定能怀揽日月
他的体内一定能够穿越河流和大风

吟出这一句，他就过了中年
这中年的沧桑
岂止是黄河与大漠啊
我该如何让你知道
那爱恨交加的故园与家国
还有那俯瞰大地
闪耀着苍茫与悲悯的情感

他只吟出了这一句
那颗落日已被感动了几千年

几千年啊，被浪花打湿的
不仅是那低垂的天空
一定还有他落满尘霜的衣衫

想这个人——
一个遗失的命运
对尘世有多少无奈和苍凉
他对人间就有多少牵绊和眷恋

此刻我身边只有一条伊犁河
我同样望着大河西去，落日低垂
内心有万千思绪
却无话可说

过夏塔

一场大水刚刚退去，河滩之上
又留下一些不为人知的秘密

如果避开阳光，草莽间
就会有大风起伏，波澜壮阔
风吹草低的旷野，我看不见牛羊
这些生灵像是多年前就已经离开

经过夏塔，像在时间深处
这大地的一隅
生命如此茁壮和恍惚
那些千年的往事正一泻千里

庄严肃穆的远山
如此平静的空旷
一切都仿佛经历过大悲大喜
每一块石头都好像体验过人生的苦难

此时的夏塔，一个人能够想象的
比那些传说更远
一个人也会比走在人群里更加孤单

我无法抒情，没有夕阳的黄昏
我只是想还能不能像那只鹰一样
掠过雪山，俯瞰大地
然后高高地飞翔

小野菊

一个“小”，再加上一个“野”
不用说，就是一个无拘无束的童年
我好羡慕小野菊
任何时候都一脸天真，无比灿烂

不说你是小家碧玉，那太小气
也不说你是大地的隐者，那太深沉
你就是陶渊明家那个最小的女儿
一张小脸调皮地对着天空

秋风渐凉，河滩空旷
风流的蝴蝶和多情的蜜蜂都已不知去向
可我们的小野菊啊
却开得热热闹闹，开得有情有义
开得这秋日的河滩一片温暖

自由自在的小野菊啊

让人心疼的小野菊
那高高的雪山让夏塔如此雄伟
你却让夏塔的内心无比柔软

在桥上

我来寻找一首唐诗的意境
看不见大漠孤烟直
只能体验长河落日圆

黄河太远
我只能在这伊犁河的大桥上
把眼前的落日当成唐朝那颗
把周末的一点点时光
用在诗人那一次抒情的路上

黄昏的桥上，一些飞驰而去的车辆
正走向未知
那个边走边打电话的女子啊
想她的命运也大概如此
想自己，千年以后
还能否看到这河上的落日

一些肩挎相机的人，一路小跑
这些追赶时光的人
着急得要把这颗落日留住
但他们能否想到
一个写诗的人，虽然两手空空
但胸中也有万里江山

十　月

草全部黄了。起伏的黄一直铺到了
峡谷边上
雪峰闪耀，喀拉峻以南
天涯就此展开

风穿过草茎，吹向遥远
像十万匹马，带走一世的悲欢
“远方一直是不能治愈的病”
此时，还应该让风穿过身体
让所有的欲望飞往高处
把天涯一眼望穿

黄昏逼近的时候，阳光退去
羊群退去
喀拉峻只剩下了风，只剩下了
十万亩草原被搁置在两千五百米的高空

这时候多需要一杯酒啊，来暖一暖
喀拉峻苍凉的内心

石　头

这是离地球最近的一颗恒星
它沉默、坚守，无声地转动
这又是谁遗失的一块骨头
它将自己燃烧、冷却，修炼成
最坚硬的孤独

它抽干了所有的水分，在草原的
深处，转世重生
阳光落下来
它的暗苔生长，年轮模糊
它在一座山的高度之上
投下的阴影，加重了喀拉峻
无限的重量

一块石头，唯有等待
等到这个世界全部消失
才能看到自己的最终的腐烂

雪

众鸟飞尽，喀拉峻高高在上
多么辽阔的寂静
风追赶着阳光，铺开了这世间
所有的白
在西天山，山河心绪茫茫
正把自己无限地打开、推远

多么幸福的雪啊！它们拥抱着火焰
从天而降
多么幸运的一个人，他赶着天堂的马车
享受着无边的寂寞
喀拉峻，繁星闪烁
一个人的世界拥有天赐的繁华

黄昏的时候，我降到了两千五百米以下
一场大梦醒来，我又重新回到了
那么多的爱和恨中间

大峡谷

从高空断裂
撕开了喀拉峻最深的伤口
真正的伤痛都是隐秘的
血在暗处流着，去了另一个世界
它把一切都交给了时间

一只鹰在峡谷的上空盘旋，穿越
最深的地方，我们从不知晓
也从未去过

来到人间的水

1

一万年的冰川
头顶着日月星辰
恰西的水，挟着一万年的冰冷
从天上来

九曲峰回，不舍昼夜
八千里路云和月啊
将时光和尘土一并抛在身后
冷血、无情、追命
我不知道这些词能不能用
这西天山里走出的剑客
冰冷的内心裹着坚硬的石头
时时追逐着死亡

2

可不可以像众多的河水一样
随波逐流
从哪里来，还想到哪里去
这身不由己的，就是江湖

比信念更容易改变的是人本身啊
如果敌人已经死去
你出鞘的剑
从此该指向何处

你无数次回头，茫然四顾
看到的都是自己浑浊的身影
还能不能再去回忆那些悲欢离合
想前世和今生
如果平庸和堕落都是一种幸福
那么了无牵挂是不是一种快乐

也可能会有更辽阔的江河
但还能走出多远
那些遥远的浪花
你该如何去抚摸
平静的夜啊，在河流的深处

我听见一声微微的叹息
七月，我看见恰西的水
怎样一路来到人间

森林公园

一只松鼠突然蹿出
吓飞了一只专心致志的山鸡
一只黄羊刚刚甩掉敌人
正在调整呼吸，四处张望
一只狐狸幽灵般地闪过
丢下一个诡秘的眼神

林子一片平静
这多像一场战争开始之前
蛰伏、等待、瞄准
伺机进攻或者逃亡
林子的背后啊，藏有无数双眼睛

这是一个下午
我在一棵树下小憩
一阵风过，地面腾起细小的波浪
所有的一切都好像惊魂未定

我想，如果自己也这么活着
是不是时时都要睁着一只眼睛

林海深处的风

在某一处海拔
遭遇林海深处的风
此时，骨骼轻盈
细密的汗珠也在瞬间
结晶成盐

我想说的是
不仅仅是目及千里之外
感知风的存在
也需要一定的高度

当我写到可克达拉

当我写到边疆，写到丝路
写到一块国土的命名
一条大河，浪花翻滚，正穿过天山的心脏

当我写到那些移栽的根
芦花遍地，芦苇就顺着风
伸出了长长的利刃

当我写到伊犁河谷
芳草萋萋，白杨辽阔
薰衣草身披晚霞，一直开到了天上

当我写到一群人，西出阳关，铸剑为犁
他们正在一部史诗中
铺开了边疆无限的山水

当我写到一碗酒

写到发酵的小麦、玉米、高粱和豌豆
英雄的本色正借酒还魂

当我写到蛙声一片，十里稻香
一条大鱼正游过伊犁河
两岸的灯火已被星星点亮

当我写到夜晚的琴声
五月的牧场，冰雪消融
思念的春水正流向草原的深处

当我写到可克达拉，一个拓荒者的传奇
年轻的城，正站在巨人的肩膀上
放牧春风

当我写到这一切，西域的大地上
一切刚刚开始
所有的繁衍，正生生不息

戈壁之上

1

火车劈开大雪，向西
没落的村庄被抛在身后，这些低矮的植物
隐入了叙事的末端
我们暂不去想那些被隐藏的生活
火车向西
戈壁上，行人昏睡，狂风穷追不舍

镜头晃动，一部旧电影
突然拉近

2

碎雪如往事
寒冷难以聚集，散落于戈壁的上空
我们可以看到它的影子，坚硬甚至虚无

难以穿透。其中的核心是归纳为历史
还是纠结于现实

一个人重新闭上了眼睛，他是想重回梦境
还是有意在躲避内心的风雪
水杯看上去是安静的
但是内部的水纹在一圈一圈地散开
没有异物的投入
但任何往事都能掀起它内心的波澜

一杯水的惊涛骇浪不为人知
我们怎样理解两个，甚至是多重的世界
但我们相信事物之间的联系
可以跨越若干的星系

3

有风钻进来，温暖中的凉意
它是沉淀于狂热之后的孤独，让人心生迷茫
那么多年，我们沉湎于狂热
一直在寻找证据，试图说服自己

来自生活的教育是，喧哗之后
一个人只有在孤独中成长
其实，更多人却在孤独中消失

隧道内，那些说话的声音忽然静止
“黑暗是必经之路”，有人想到了这一句
但能否给自己设置黑暗
一个念头让他惊恐不已
无数岩石中的物质疾速闪过
它们追逐的是在瞬间达到极致

灯光亮起，眼前的一切被移植到了车外
有人把脸转向了窗外
他想看清另一个世界中的自己
他记下了自己黑暗中的表情
火车仍在重复同一个声音，像是安慰
又像是自言自语
“你只是在经历黑暗”
他用自己的理解来安慰自己

4

雪开始舞蹈
对接着细密的阳光，缭绕、移动
缓慢中给予对方不为人知的力量
释放出最彻底的寒冷和灼热

再远一些，你看到的就是云

这些妥协后的产物，沉重且柔软
它们是这个世界上无法触摸的另一种情感

5

大地上此时呈现的，就像你伸开的双手
掌纹里布满了无限的玄机和秘密
道路纵横，峡谷错落
未知的前程里有无限的延伸和渺茫

流水潜伏、跌落、渗透，它通晓大地的
纹理和血脉
流水曲折，只有流水，它验证着万物
一生的命运

暴雨之后，山洪汹涌而来
一场大梦在戈壁上铺开
碎石浮出，沙砾柔软，植物们再次醒来
阳光布满天空，万物已经重新调整好了秩序

6

突然裂开，某种联系好像抽身离去
像我们身上的裂缝
戈壁，开始面对一截新的历史

峭壁分立两岸，它们错开了语言的逻辑
将对话推向了绝境

其实是某种东西已经被带走
呈现的痕迹只是一个虚无的暗影
像风掠过峡谷的上空，难以停留

坍塌继续
我们无法认识其中的深渊
能够推测到的表象，其实还离悲剧很远
谷底的流水带着心悸后的余波
朝着不断冲刷的命运，越走越远

7

对于遗落之物，世界有着遗忘的本能
天柱断塌，天倾西北，最初的命运
从碎片开始

我们难以表述自己
在时间和语言到来之前，所有的经历已经发生
我相信碎片是事物最终的形态
所谓的固执其实是一种隐性的疾病
相信等待的人，其实可以丢弃自己

烈日高悬，石头面目焦黄
它用自己的阴影，遮住腹下一块温润的白
浑身布满了坑洼，小小的雨水曾经渗入经脉
它想起过自己曾经的柔软和虚弱
你要看到的结局，一定是在时间衰老之后

傍晚的时候，天火燃烧
众多的星辰擦肩而过。乌尔禾，石头安静
远远地望着戈壁上即将没落的黄昏

8

天地如此之近
地球遗留下了最后一块空白
准噶尔的秘密如同它的寒冷一样
被深深掩埋

战马的腿骨，被沙砾击穿的刀刃
寒光终于生锈，血凝固成了石头

村庄隐约，林带稀疏
准噶尔无可阻挡的大风再一次吹过
折断的箭镞仰望着黯淡的篝火
江山万里啊，最终难以留下一粒沙砾

9

火车向西
重复的山峦、峡谷、村庄和落日
无数次的告别，一如既往
火星迸溅，声音喑哑
他开始减掉一些相似的情绪
看时光越来越短，越来越暗
所有的经历终于在途中老去

只有梦境，它置换出的时光似曾相识
它有着长途奔跑的潜能
断裂、拼接、破碎、删除，被反复改动
一列火车携带了多少个梦境的开始和结束啊

从现在开始，可以追逐多少过往的岁月？
经过山口的时候，它又一次压低了嗓音

10

群山退去。风吹起，摊开的戈壁
所有的背影若隐若现
流浪重新开始

裸露的双脚，漂浮的根，掠过碎石
北疆，浩大而盲目的天空……

梭梭、红柳、隐身的野兔，草木萧萧
天空遥远啊，落日和黄昏
多么适合一个诗人的中年
从现在开始，可以流放自己，不问前程

坚硬的地壳、柔软的沙
大风追逐着黄昏，飞蓬从天上回到地下
“命运是盲目的，但所有遇到的都是它的一部分”
戈壁上，所有的生命都怀揣着一颗漂泊的心

11

天空灰暗，有鸟儿翻飞
像是从天外投来的一颗石子
有安静中的惶恐

他暂时放下了一个问题，不提问，只回答自己
车窗外还是那丛红柳
花冠摇曳，在千里之外
“不能忽视事物的外部条件”
那些被放弃的词语，修正之后
越来越清晰无比

残垣、断壁、虚构的水泥柱子、荒废的公路
有的人走了，戈壁上留下了漫无目的的风
包括被遗失的天空
多少年了，时间仿佛也是虚构之物
“它带走的不仅仅是怀疑，还有确认”

车子在奔跑，轮子灼热，在重复着
同一个动作
其实它对戈壁，对生活有着更为准确的
理解和耐心
风继续，戈壁沉默

12

沙砾在大风中落下
关于村庄，我的理解是随遇而安

杨树瘦小，在屋后生长出小小的家园
雪在屋顶半隐半现，被折断的孤烟
飘向虚无
炉火噼啪，燃烧着冰冷的铁
有人在石头上种下漂泊的根

多少年，大水漫过

写下了麦地、落日和羊群
时间却开始了无限的延长

夜晚来临，地球在酣睡
村庄被搬上火车
一场大梦里，有人还在奔赴那些未知的故乡

戈壁恍如昨日
那些摊开的往事悄无声息
大风呼啸着，无影无踪

13

一切源于大海
陆地汪洋，山峦漂泊，神话尚未诞生
地球和太阳相距遥远
若干光年之外，一个孩子孤独地面朝大海

银河倾泻，宇宙其实是一个寂寞的壳
星子们的轨道像是一条任意的线
如果此时相遇，山盟海誓可以省略
肉体是最为可信之物

14

大海退去，一切仍在漂泊
戈壁上有着难以辨别的生死
你看到的化石上有骨头的纹理
一条鱼张着嘴，挣扎的姿态，像回顾往事

“不能拒绝的是自己的嗅觉
所谓方向就是一种确认的气味”

这一刻，可以给自己设置更为辽阔的生活
现在终于可以爱自己，爱你，爱你身后
同样辽阔的山河啊

此时，群山明媚，白云奔跑
你相信，一杯酒就可以将往事轻轻带过

15

阳光清澈，茵陈◎萋萋
戈壁在瞬间陷入静止

◎ 即茵陈蒿。多年生草本，嫩茎，叶可入药。

灰色的茎秆，绿色的芽尖
还有腹部中可以触摸到的柔软

戈壁茫茫，天空在晕眩中发出轻轻的叹息

——比石头更容易腐烂的是誓言
你看到了如今的地老天荒，海枯石烂
可起誓的人早已烟消云散

无花果

夜晚相遇的车

它们相遇时，用彼此的灯光照亮了自己
它们把自己交给对方
像一个逆光的飞蛾
可强光的后面是无法穿透的黑

之后，它们迎面走过
一同走进了对方的黑暗

其实它们不但交换了灯光
还有灯光后面的黑暗

如果转过身来，再次相遇时
它们仍能从对方身上照出黑暗的痕迹

镜　子

因为它，有时你也会爱上自己
是的，它曾经让你得到过自己

有时你看到的自己和昨天完全不一样
内心开始憎恨，你说服不了镜子
是什么起了变化?
你流连于镜子，像对着一个陌生的人
你提出问题，让它回答

一道裂纹穿过镜子，它们仍旧在一起
其实是两个镜子，
它们已经很难照出一个完整的自己
如果再把两面镜子相互对照
你才发现它们彼此都有一个未知的世界
且无法穷尽

经常会想起的一个人

其实他就是你的一面镜子
他是另一个虚幻的自己
你改变不了自己，便难以改变他

是的，如果没有你
我很难认识自己

河　床

河床空出大雪，隐去了流水的声音
那么多的事物被蓝色浸透
这暮晚的大海，我们隔岸相望
仿佛永世不得相见

北天山仍然悬挂在幕布后面
燃烧的积雪，有漂泊的虚幻
这些微弱的光，让它成为
另一个世界的背景

一切都安静下来，像是过去了很多年
这暮晚的峡谷，只是经过
此前的狂热、暴动和妥协都是我们经过的
那时候我们手持利刃，并不理解疼痛
可是当你重新想起，会在沉睡中惊醒
——大雪茫茫
现在你看到的世事只能是虚幻

最虚幻的应该是自己的面孔
我无法确认你看到的，是否是一个陌生的人
如果把时间打开，翻阅那些停滞或者流逝
再把中断的章节接续起来
你还能否从中置换出另一个自己

天空荒芜
还是那些不确定的群山
像眼前的命运，被大雪填满

之后的岁月？你无法回答
裸露的河床，消失的水……
想到这，忽然间就满目悲伤

独山子以南

是啊，没有人能将自己留在这里
最后剩下的，只是一颗决然的心

牛羊们还在，这些荒野中的道具，满脸冰雪
它们不动，停止咀嚼
相信骨头里的冷胜过岩石里的坚硬
相信只有身处黑暗的人才能找到自己

星辰隐没，它告诉你，黑暗才是万物的源头
是一只神的手，他拿起或者放下
都是一个事物的宿命

电流呼啸，高压线支撑着高处的黑暗
它们满怀激情穿越峡谷
进入人世
消失于更大的荒芜

参照物

水泥在风化，像旧伤口上的痂
让我看到了一九八〇年甚至更早的时间
它的表情为：衰老、贫穷、寡言和僵硬
一同呈现的还有春天里的寒冷
斑驳的阳光，柳树的影子
都在给旧时光一层一层地加重颜色

在喀拉达拉，看到物是人非
就能看到已经被忽略的时间
这么多年，我们远走他乡，重新生长
我们在不停地删除，想着脱胎换骨
却忽视了命运的备份

比如今天的水管站
我能看到自己，也能看到你
还能看到更多的风仍然
从一个方向吹来

长久以来我们需要一个参照物
来确定方向、距离和时间
我们需要用一个事物来判断另一个事物
比如远与近、真与假、虚与实
包括爱与恨
我们也是彼此的参照物
体验着各自的幸福和悲伤，温暖与寒冷

过了中年就是衰老
我们踩过的一堆乱石，坚硬而虚幻
再往下，我们的价值就是能够成为
另一些事物的参照物
历经过山河转换，日月轮回
还都在原地

一棵柳树

此刻，就像我刚刚转过身去
又一次不经意地回头
看河风掠过，红日西坠
所有的人物、情节，甚至是
千山万水、日月年华
都可以一一省略

这个下午，稀疏的枝条依然垂下
流水依旧将倒影送走
鸟巢空置，已成为故居
我们面对面地在回顾历史

无法想象，如果河流改道
村庄迁徙、战火、病变，以及
地球上任何时候都无法把握的下一刻……
还好，到了今天，我们都还幸存于世

站在这里，可以眺望对面的沙棘、红柳
被烈日暴晒的石头。看远山长久地沉默
看一条大河日夜奔流

也可以低下头来，顾影自怜，耽于幻想
沉思于真实与虚幻之间
可以看到，这么多年，生活是平安的
我们想象不到彼此的动乱
我们认定了被放逐的故乡，适应了
被移栽，适应了内心翻滚
却言行节制
学会了在粗粝的盔甲内
保持一个虚妄的名节

三十年保持着一个姿势
和一棵树一样
我们不用再去关心年轮和时间

今夜的江南比伊犁更加遥远

暮色垂下来，江南的天空
黑暗涂去了多少远去的车辆
灯火阑珊啊，那些深处的虚幻
是哪一朝的繁华，是谁迷失的梦

——无论湿的风、软的语
无论是落花还是流水
江南的美都令人惆怅

你不在，今夜的江南
让时间疼在了千里之外
我无法让你知道
这悱恻的沈园，伤心的断桥
还有瓜洲渡那几千年的别离

无法让你知道啊，今夜的江南
举着一颗无处安放的心

你不在，今夜的江南
比千里之外的伊犁更加遥远

——一次暂时的离开
看出了多少往事的脆弱
多少年华的虚度和虚无
今夜的江南始终无语
我的喉管也仿佛喑哑多年

追逐着大巴车，一些破碎的梦在奔跑
此时，不知身是客
可醒来的江南令我更加绝望

今夜，伊犁下雨
江南下雪
你我似曾相识，又彼此陌生

在恰西

雪岭、云杉、清瘦的野芹菜
多情的红草莓，还有善于潜伏的木耳菇
天空辽阔呀
羊群和白云都在缓慢移动
这些句子都是重复前人，没有新意
那一刹那的感受
我稍一激动就语无伦次

如果说人间的光阴还有千年可以留恋
我只要山中这一日
在恰西，那么多的东西
我只能记住一些细节
对，还有你
你想想，世上哪还有这样的天和地
如果甩掉人群一起遁入林中
如果又迷失了方向，那该多好
可你一直在说要小心

那树的背后好像有一双眼睛

我真实的想法是，在恰西
如果成不了闲云下的野鹤
做一只雪鸡也行

习 惯

我一直怀疑这种热烈是虚幻的
我们夸大了自己的欲望
蛇一样吐着信子，彼此缠绕

一生多么短暂，那么多的犹豫
无法克服
多少年，我专注于一种想象
这种生活已成为一种习惯
它的外壳坚硬
掌控我们的，可能仅仅是一种习惯
和无法克服的坚硬

我一直看到，倾诉者渴望倾听
自私者渴望理解，发达的泪腺可以
随时打开
多少年，真情和假象可以随时替换

号啕和愤怒都像是一场欢愉之后
无病的呻吟

我想说，光阴是自己的
大脑的发育应该和年龄有关
历史是自己的，它总是先后出场
不容假设

高度是自己的，永远在别人
无法企及的高处
精神是自己的，它终生修炼的
就是自以为是

我还想说，沉重也是自己的
它顾影自怜，患得患失
一边羞耻，一边沉醉

如果非要说到爱情，就不要喋喋不休了
不如先让一个词含而不露
先去练习一下飞蛾扑火，而后重生

剩下的时间里，我也许还会想起
一段旧时光
我知道这只是一种习惯

坚硬的外壳需要光阴的消磨
就像现在，太阳和风，不断地
照射，缓缓地吹来

经过赛里木湖

我又奔驰在环湖公路上
相对于自己的内心
我又要感谢这黄昏的伟大和辽阔

从任何一个角度看去，湖水都是平静的
细小的浪花不断向岸边涌来
它们在不停地舔舐着人间的寒冷和灼热

但我认为平静不是事物的根本
波涛肯定在内部翻滚

我们不去说这略含碱性的水
是谁最后的眼泪
所有的情感到最后都会归于某一事物
比如触景生情，物是人非
比如在湖边，一个人无端的绝望和悲凉

所有的传说在这里都具有了多种可能
长久以来，我们一直在制造传说
故事还在继续，你当然知道
今天的一切肯定又是明天的传说

我可能还要无数次地经过这里
你仍会看到我长久的沉默和无动于衷的表情

湖水苍茫

我们又见到了
见到了它捧起的晚霞，最后的天光
大片的云朵迟迟不肯离开
它把自己洗成了一面镜子
映出了群山隐藏的事实和黑暗

我也曾见过多少人，流连于湖边
低头俯视或凝望湖面的苍茫
他们一度也想在这里看到自己的内心

我也曾见过它的鲜花盛开，牛羊散落
六月里盛大的宴会，人间持续的喧嚣
我也曾见过它的孤独
一匹马在湖边站立如雕塑一般

因为接近天空，它的蓝近乎虚幻
它的表情空旷

呼吸里有着难以亲近的距离
从现在开始，我不再对事物的表象进行描述
对于难以深入的事物，我先要保持沉默

其实，我们更多钟情的是它不露声色的气质
我们虚构了自己的多种理解
用它来比拟世事和人心

高处总是寒冷的，它使拒绝成为一种向往

额敏大雨

异乡有助于怀念和发现
一场雨就会让时间慢下来
我们可以清晰地看到那些远去的事物

今夜，听到雷声滚过边境
有陌生的震撼和提示：如果岁月
一味沉湎于某种固执
唯有离开或重新遇见

额敏的雨砸在铁皮上
有着密集的心跳和喘息
你会想到大雨中有人前行
有人落魄，有人独自坐在车里
让大雨穿过内心

连前方的灯光都是湿的
我们看不见他悲伤的往事

唯有雨刮器在拼命地擦去泪水

黑夜里，一个人可以成为一座孤岛
他获得了暂时的静止
他突然想到那些悬而未决的问题
它们好像都具有了某种合理的答案

真实或者虚无都是经过的一部分
如果你仔细地辨认
一个事物不过是另一个事物的影子
把激情处理掉
它们将会变得正确而毫无意义

最难以控制的莫过于一颗流浪的心
其实，天涯是一种最虚无的表象
因为有所期待，我们给自己
制造出了另一个故乡

大雨，大雨滂沱
天空还在移动，乌云将那么多
无法示人的内心悄悄地遮蔽起来
你看到了，额敏的夜更加遥远而空旷

你没有看到可可托海的月光

途经一个西北小镇，我想起了你
这里安静，秋色斑斓
白桦树的眼神有着沧桑和错乱
我抚摸着的芦苇，正伸着长长的利刃

生活多么空旷，那些年
当我爱上你，戈壁上明月如玉
当我想到那些彼此的相爱
芦苇就会刺痛遍体鳞伤的落日

我的爱空旷，落魄
像一部颓废的历史，遥不可及
在可可托海，它不知疲倦地
追逐着一群飞蛾的翅膀
要把自己推向一丛野火的尖锐
它要把自己推向一段难以企及的高音
把自己一直推向绝望

它渴望着毫无人烟的爱
它好像从未被爱过
想到你，正如今夜可可托海的坚硬和沉寂

今夜，戈壁浩渺
天空储存了一个巨大的深渊
当我抬起头
可可托海的月光只照在了一个人的身上

那时的街头就是天涯

被风吹散的阳光，带走了喧嚣和动荡
你遇到的时间是偶然的，偶然得毫无准备
一个偶然的时间，覆盖过旧时的天空和小巷

越过天桥，当他停下来
就有了突然的一幕
人流稀疏，那些身影是幻化的
转过头去，都是旧时的场景
一条街到另一条街是多么的遥远

路灯昏暗，积雪的颜色难以辨别
夜空下气息氤氲，触摸到的脸庞柔软而模糊
暂时的黑夜，暂时的人间
它们储存过一个人泪水中的盐分和温度
那时的街头就是天涯

看到那个人，风吹起衣襟

这微小的波澜像是一个声音切入了多年前的剧情
有人在街头奔跑，有人凝神仰望着天空
我把它想成了旧时的上海，江水不停

若干年后，所有经过的都站在这里
你会看到，此时的街头空空的
只有一个陌生人和他沉默的背影

奎屯河峡谷

1

我们先说一段跟这首诗无关的话题
说一下摄影者们摆拍的现场

她正沉醉于自己的飞翔，在峡谷的上空
她在努力地模拟一朵花的姿态
打开自己，旋转、跳跃、收拢
她的双脚想挣脱大地

她变幻的气味难以捕捉，她舒展着手臂
朝着不确定的方向，把自己一次次地送出

天空、流水、浮云，以及路过的风
她把自己一一呈上
她把自己分裂成无数的碎片
送给了前世的荒原和未知的今生

这峡谷，一个伤口的隐喻
一朵罂粟在肆意地燃烧自己
她借助于阳光和空气
把随身携带的基因
慢慢地合成了体内那个致命的毒

阳光清澈，戈壁茫茫

这都是我的想象，当目光落下的时候
我却在追溯一段遥远的时光

2

我们端起杯中的酒
无数次地表白，放纵自己
我们感动于酒的辽阔
也感动于酒的偏执，总是迷失于
自己制造的假象
我们总在脱口而出的时候欲言又止
其实，我们知道
没有吐露的那一部分最接近真实

还是那个坐在对面的人
如今我们还在用酒杯交换着彼此

很多时候，我们追求的快感
其实就是坠落的一瞬
我们一次又一次地违背自己

当真相终于来临的时候
我们才知道
自己苦心经营的是多么虚弱的人生
我们明白冲动和善恶只在一念之间
人间和地狱也只有一步之遥
此时你看到了
这深不见底的峡谷
多么像一个人欲望的本身

3

我突然想转过头去
如果能看到过去的时间
这里多么适合向一个人表白
此时，可以天崩地裂，海枯石烂
你不用怀疑自己的耳朵，在这里
你只用眼睛就可以看到一个人的誓言

这段话多么的不合时宜啊
其实当我们抬起左脚的时候
右脚就已经后退

4

这尘世总是无穷无尽
我们总会无缘无故地发出叹息
大地上静静的
你看到的漫山遍野，艾蒿萋萋
它们都会在瞬间陷入停顿

还有什么能够证明我们无数次
描述过的事物
还有多少陌生让我们难以确认
岂止是十年啊
当一切都无法证明的时候
我们只能再留下一段十年的空白
想象一下吧，还要用去多少剩余的人生
才能把这段空白填满

5

我又回到了前面那个无关的话题
关于峡谷
所有的经历都是致命的
我们拔出双脚
梦魇却在一路相随

喜欢的事物

喜爱的词：旷野、衰草、浮云
天涯和漂泊
喜欢东去的水，微微泛起的浪花
可以用来比拟无休无止的光阴

喜欢长风穿过收割后的麦地
看牛羊在捡拾最后的青草和麦穗
喜欢被风吹起的飞蓬
想象它命运的不可预测
喜欢即将陷入大地的夕阳
来预知一下自己晚年的从容和悲凉

喜欢自己年少无知时的预感
喜欢听着深夜里远去的车辆

喜欢一首歌给自己带来短暂的沉默
让一支烟在午后孤独地开放

喜欢两杯酒，暮晚的雪
对面有一个温柔的人，内心藏着火
喜欢她微醺的眼神，喜欢她的呓语
胜过她的表白

喜欢遇到的一个句子，内心的惊喜和慌乱
喜欢把光阴做一些适当的浪费
在一些虚无的事物上做一些想象
喜欢听着洒水车的音乐，透过窗户
想象它的身影在大街上是多么的孤单

喜欢自己身处繁华却内心荒凉

桉　树

阳光明亮，风细细的
吹着一个巨大的葫芦丝
桉树摇晃，举着一丛丛孤独的叶子

汽车驶过高原
桉树站成一排排，或独自一人
在公路边，远远地眺望

车窗外，桉树疾速地闪过
我只看到了它脱皮的树干和地下的阴影
树冠在云层的上面
桉树一直生长在自己的远方

山重水复啊，其实你多年遇见的就是一个人
他们不说话，但有着相似的表情

——当我在西北想起云南
桉树就是那个被留在了异乡的另一个自己

无花果

它认为，自己并不是一个异类
但世界可以重新解释
比如，人为地构建了一个弥天大谎
并在里面加入一些糖分
你可以看到
触手可及的果实就在树上

因此，一直有人想试试谎言的力量

有人研究过：是一只虫子从内部制造出假象
试图去颠覆一个常识
“它不是谎言，但它确实有一个合理的事实”

很多人说过，“这是一种不开花的果实”
当因果成为悖论
无花果表现出来的
是这个世界荒谬的一部分

至今有人谈到那些已经发生的事实
他们保持了缄默
他们好像理解了心照不宣
他们不追忆，亦不解释
相信结果，如同相信命运

昨夜大风

可以理解一个绝望的人
把那些沉淀的往事从黑暗中搬出
抛向夜空
他正在描摹一个虚拟的大海
层层的巨浪将自身击碎

闪电撕裂，黑幕上绽开的神经如此绚烂
它的末梢准确地接上了那些隐藏的伤口
“撕开后，才能见到欲望的核心和形状”
狂风没有停息
那些潜伏的火苗有着疯狂后的喜悦

要相信一个绝望的人
他拼接的碎片更接近完整
当山河沉落，星辰退隐
没有谁比他吐露的秘密更为真实

天亮的时候，院子里的巨石沉默
大风只留下了平静的现场
夏橡的树冠仍在轻轻地晃动

一场新雪落在了旧雪上

这个黄昏，不用看清什么
擦肩而过的影子转瞬就会模糊

这个季节，也无须后悔什么
融化过的冰冻，会在寒冷中再度僵硬

这个夜晚，也不要再安慰什么
那些陈旧的伤口，已在黑暗中开出了花朵

这具肉身，已不用再隐忍什么
时光在多年的隐疾上
正一点一点地消磨

这个世界，已不用牵挂什么
伊犁河南岸的旧雪上，又落上了一场新雪

第三辑

旧电影

我前面的山

那些年，我看到的只是一个隆起的身躯
白色的雪峰，黑色的松林
布谷鸟从山北飞到山南
在喀拉达拉，这是我看到最远的地方

如果我离得再远一些
就能够真正看清一座山的样子
看清它储存的雪莲、冰川
一只鹰的背影和岩石上的荒凉
看清它一望无际的葵花，收割后的燕麦
炸开的苦豆子远走他乡

如果我能再安静一些
就能够展开对一座山的想象
想象它内心的千沟万壑，回肠百转
想象它的衰草迷茫，暮色中的羊群四散

如果我再用心一些，或许就能够理解它
隐藏的背面和另一个世界
体会到它一条河流的冰冷和高处的绝望

最好是我再能有一些悲悯之心
能够唤醒它的记忆，唤醒那些
奔跑的风沙，大雪覆盖后一个村庄的
哀伤和惆怅

夕阳终于落下，群山筑起了黑色的城墙
我们一直在黑暗中虚构自己的命运
用自己的生活去模拟另一种生活
我们从未登上过前面的山
那时候我们不知道天涯可以望断

一枚月亮低低地悬挂，我前面的山
这个夜晚，在一个人的中年停顿下来
我看到河坝里水落石出，世界如此安静
除了河水你听不到一丝声响

多少年，我们把一座山当作刻度
用来衡量时间
当我们抬头仰望的时候
却好像从未认识过

特克斯河

经过喀拉达拉的时候
它的水面开阔、沉稳，风平浪静
它的浪花淘尽了那么多的泥沙，沉入水底
终于进入了一段炊烟的生活

那么多的水鸟在空中盘旋，俯冲
它们到中流击水或顺流而下
截取了一条河最好的光阴

我从未去过的对岸，远远的
沙棘、红柳、白蜡、随风起伏的白毛草
黄昏的时候，随着哗哗的水声
它们都闪着隐秘的光芒

我知道一条河的不可到达
只能在某一段时光里和它相遇
它的深浅莫测，温柔中的冷

这多像一个人和另一个人

几个挖沙的人走在河床上，身影模糊
他们把拖拉机的声音弄得很大
把浓烟一次次喷向天空

夕阳沉入水底，水面被瞬间染红
像谁的血
在喀拉达拉，我终于看到了它的长河落日
远山苍茫

一群羊一直跟在我后面

我还是写到羊，否则没有什么
能够替代我的乡愁
空旷的三月，寸草未生
故乡依旧寒冷

当枯草、麦茬、抖动的炊烟
都弯下了腰。我看见一群羊
在村庄之外按住了大风
它们抱紧了体内细小的火焰和
坚硬的铁。它们在用自己的身子
温暖着冰凉的喀拉达拉

我想起了那时的故乡，天空苍茫
时光越来越冷，越来越慢
一个人离人群越来越远

——当我想起了往事，一群羊
就一直跟在我后面

父亲（之一）

我努力地把自己当成你
去想象那些隐忍、纠结、委曲求全
和无法示人的痛
这一切都让你藏起来了
藏在心脏的最深处，直到有一天
它肥大、衰竭，最终无药可救

现在你终于可以放下
你可以在另一个世界里重新修身、养性
甚至养成一些坏脾气去随心所欲

可在喀拉达拉，一个人的命运
却在折磨另一个人
他继承了你的肉体，这一生也
无法释怀

老 屋

只剩下你
让风吹得越来越凉，越来越瘦
冰冷的骨头再也无法撑起肉身

这么多年，有人无数次逃离又回来
有人将内心烧成了灰，再掏空
这么多年你沉默，再沉默……

这么多年，我无言以对
我摁住自己的胸口，除了疼
还是疼……

再看到你，六月里的破败，空洞
即将消失的一切，我抑不住的心酸
即将消失了？

我在梦中惊醒——

三十年，漂萍一般

一个人

过去的光阴回来了
过去的流水回来了
过去的那些欢喜和悲伤也回来了
一个人站在六月的喀拉达拉
一切都重新回来了

可我——
什么时候才能回来啊

一条河

那些水面容惨白，在喀拉达拉的低处呜咽
那些断木、兽骨，还有那些冰冷的水族
它们从上游过来
漂浮的全是一条河不可知的命运

那些石头在大水中兀自行走，或搁置岸边
它们坚守，沉默或无奈
等待了多少过去的时光
它们满脸沧桑

一场大风掠过
我突然看见一条河离我越来越近
离村庄越来越远
夕阳重重地落下，波涛汹涌，浪花飞溅
隐约的天堂和地狱……

很多年，我无法忘掉那片水声

就像无法忘记那年，我曾伸出一双小手
捧起过那细细的白沙
落下了伤心的泪……

今天我还在想，一条河是不是自己的亲人
有多少人会在另一个地方的黑夜里想起
还有多少人能在离开的时候
将它背在身上

那些草

没有生长在唐诗里
也不认识长亭和古道
除了我，没有用过一杯酒
送走一位王孙故人

在喀拉达拉，这些没见过世面的草
它们一生守着清贫的日子，忙忙碌碌
六月的光阴很慢
它们会搀扶着跳起小小的舞蹈
也会匍匐在地，彼此握紧对方的根

这些——和我有着多么相似的命运啊
这个命运会让一粒草籽落到哪里
都活得很小心

六月的草，一望无际
它们在大风里摇曳，又悄然静止

它们会望一望山外的夕阳
但不曾想过远离

空荡荡的六月

羊群已全部撤离
还有那么多的人，他们都走在
异乡的路上

这一刻，除了自己
大地上一览无余
六月空荡荡的时光

那些大片的庄稼无语
好像比一个人更加孤独
在六月的天空下
我需要这样的安静
和一小会儿暗自的悲伤

六月的天空，像刚刚打扫过
如此干净，就像我的生活
被删去了那么多的多余

风吹过，空荡荡的六月
世界好像一无所有
又好像什么都没有来过

一畦韭菜

它记忆着炉灶里的火，黄昏里的炊烟
和亲人的胃。它记忆着一个人的安慰
和叹息

田园荒芜，亲人离散
很多年已沦为野草
它年年还是发一样的芽，长一样的叶片
抽薹，开一样的白色小花

它的孤单说不出口
它的等待比孤单更持久
它看淡了生活中的味道，它隐藏了
时光中的冷和最初的辛辣

我是多么脆弱啊！在喀拉达拉的春天
晚风中一丛黑色的火焰，让我
深陷往事，不能自拔

井

它储藏过正午的太阳、夜晚的月光
地面上的风动、树影
还有遥远的天空

它安抚过一条河流的呜咽
稀释过一个人的泪水和多年的悲伤
它用一张黑白的底片保存了一个人
早年的影子。它的内心有一个人
无法淘尽的苦水

几十年了，它送走了那么多的离开
总有一些人，再也没有回来
他们将身上的井都留在了外乡

这么多年，我遗忘了一口井
甚至还遗忘了一根井绳
和它系着的吊桶

其实不是我遗忘，是我不敢去想
那个多年一直悬着的命运

在喀拉达拉，一个下午时分
我在井台上坐着，看着几根蒿草
在井沿边不停地摇晃

昨天的风还在吹

昨天的风还在吹
它正吹过那个低矮的村庄
和它身后那片荒凉的麦地
它们把一个孩子吹得慌里慌张，一路小跑
吹得白杨树捂着光溜溜的身子
不断地发出尖叫

那些风从遥远的地方吹来
又吹到遥远的地方去
一直没有停下来

喀拉达拉的三月，春天来得太晚了
它们真的好像要把一个人吹到遥远的过去
这时候你要在就好了
你可以好好看看我那时的模样

低处的黄昏

鸟雀一下就散了
几根模糊的电线杆直刺天空
天空更加低矮
远远的有几个人走过，看不清面容

这黄昏的暗影里，有很多情景像早已
发生过，而下一刻
又将要发生一些事情

……我目睹这一切，却无从表达
几十年了，我看见自己还在那里
为前程迷茫，为命运忧伤

那些风继续吹过来
大片的衰草匍匐在地
一生的远方遥遥无期

小　学

如果时光能够迅速倒退
你一定能看到，那一天
两只燕子正在房梁上垒窝
它们从破旧的窗棂里飞进飞出
它们要把家安在我们的头顶上

我们顾不上这些
我们在大声朗读
“日照香炉生紫烟，遥看瀑布挂前川……”
可一直没有人告诉过我
为何要把一只香炉摆到瀑布跟前

你还会看到
一天早上，语文老师生气了
他正在黑板上发射一枚导弹
顺着粉笔的弧线
他要把一个老是迟到的孩子

从炕上叫醒

接下来，一阵细雨湿了围墙上的草
几只小鸟落到了操场上
它们不时地喝水、跳跃、东张西望
而远处，杏花刚刚飘落
几枚青杏让人满嘴酸涩

我一直想说，这是喀拉达拉睁着的
一只眼睛。我们可以从一个乡村
看到另一个乡村

其实，我只是开着车一闪而过
二大队小学早就没有了

在喀拉达拉面对落日

远山静默，大地微凉
那颗落日被烧得通红
终于倒在了麦地的另一端
它的依依不舍
今天终于要隐去一生的光芒

它的火焰开始变凉，这多像一个人的晚年
在喃喃自语中
留下了遗嘱，开始等待时间

夕阳无限好，这句话说得多么无奈
面对落日，我多次描述过自己的心情

在喀拉达拉，最后的人生我还不曾到达
但面对落日，我已将最后的时光
模拟了无数遍

今　夜

今夜属于我
我只要这一间小小的偏房和一张
小小的床
我把门紧紧地闩住，点亮一盏油灯
火苗忽明忽暗……

今夜像大海一样起伏，野花开得漫山遍野
黑暗多么遥远

今夜，请给这个孩子一个幸福的梦吧
让他在一夜间长大成人……

多少年了，想到这，我就会泪流满面

父亲（之二）

我看到
小麦扬花
玉米拔节
葵花也在仰着金色的小脸

在喀拉达拉，还有那么多的东西
它们和我一样，都是你留在人间的遗物
我会经常来看看
现在，它们都是我相依为命的亲人

村　庄

还是那个村庄
两个竖巷，一条横街
往南走几步，一条柏油路可以直通县城
甚至更远的地方。往东走几步
就是大片的麦田，它的尽头是另一个
村庄

下午的时候，太阳将它的影子
斜斜地投过来，落在瓦楞上
几个院门紧闭着，没有一丝声响
一阵风吹起了路上的浮尘，落入渠沟
又飘起来
我看到了三十年前
时光仿佛没有动

这一刻太安静了，在一个即将到来的

春天之前，我仿佛睡了一觉
从未离开过

高处的白杨

此时的白杨离阳光最近
他轻轻晃动着身子，所有的细鳞都在
闪闪发光
这个临风的少年，他一伸手
便能抚住天空和流云

这些过路的风，都在轻轻地放慢脚步
甚至屏住呼吸，这无法体验的安静啊
全在白杨的深处

在六月的大地上，一排排的白杨
让我不断地仰起头
一次次抬高自己的目光

其实我一直想要的，就是在树荫下
小睡一会儿
这便是一生的幸福

一只布谷鸟

玉米、小麦、葵花和黄豆
还有头顶的一只布谷鸟
这是喀拉达拉六月的意象

喀拉达拉没有稻谷，但那只鸟
还是布谷布谷地叫

布谷鸟的老家应该在南方吧
可这么多年了
它的口音为什么还没有改?

低头的羊

四月的羊群还在雪下面，专心致志
低着头，啃食着大地的暗影和黄昏
寒风吹过，羊群一声不吭
它们只是紧紧地抱住自己
抱紧自己单薄的安宁与幻想

在喀拉达拉
一只羊面目沧桑，一群羊都是
它们偶尔抬起头，看看远方
目光平淡
四月，当青草还是遥远的往事
一群羊仍然心怀慈悲，随遇而安

它们的愿望是简单的，但内心
也无法揣测。一只羊孤独的快乐
突然会让我心生疼痛
我害怕在某个时候

一些东西会过早地看到自己的命运

四月的喀拉达拉，远远望去
只有羊群还在承担着空旷和寒冷
承担着春天里的荒凉
它们低着头，贴着地面
从南到北，又从北到南
好像在一直寻找着活下去的理由

四　月

四月的喀拉达拉，孤独地卧在大地的一角
悄无声息
寒风依旧是个任性的孩子
在路口张望着，等待一个人或一群人经过

在喀拉达拉，四月是荒凉的
而移动的羊群让它更加荒凉
牧羊人远远的，像在另一个世界
想着与羊群无关的心事

它的光阴很慢
它的时针被冻僵了，蛰伏在洞里
正在度过一个漫长的冬眠
连它的火焰都那么寂寞，那样清冷和飘忽

当暮色弥漫，一群乌鸦在奋力起飞
它们满怀激情，一次又一次地驱赶着黄昏

四月的白杨站成一排排

四月的白杨站成一排排
高高地举着手臂，向上伸展
它们俯视或者远眺
让天空很低，让大地很远
它们把寒风的刀子磨钝，把声音压低
守在村庄的生活之外

它们会俯下身来，扶着炊烟一起上升
让它看见屋顶的贫穷，河流的喑哑
和鸟们的孤单
让它看到生活低处的寒冷
让它心生悲悯

在四月的时光里，它们落光了叶子
满身伤痕
却还要把一颗落日小心地托起
放在枝丫上
去温暖鸟们寒冷的巢

一棵去年的草

寒风持续，不停地摇晃
它咬着牙，保持一个姿势
努力稳住自己

我知道，如今它可能一无所有了
不仅失去了水分、温暖、缥缈的爱情
和天涯。还有那些对生活
本来就不是太高的期许

草木一秋，这样的命运无法挣脱
在喀拉达拉，一棵草
除了要具备谦卑和隐忍
还要知道删除记忆
知道忽略自己的疼

要知道，能够暗怀悲伤
那是多么奢侈啊，如果有

那也是沉默的
不要轻易地让眼泪流出来
最好留下空洞的眼睛
让风穿过

羊群已远走他乡

六月的时候，羊群已经走了
风吹过喀拉达拉，时间空旷，四野空旷
我在想那一群羊，太阳西斜
它们正迈着细小的蹄子，徒步远方

想起故乡，都沉默不语
这个念头沉重，不能轻易提起
一只羊能走多远呐
谁在终日幻想着一日三餐
谁还能把故乡的井背在身上

我也曾在青草疯长的季节远走他乡
那么长的岁月，千山万水
都是一个人的流浪
可我还要回来呀
或是白雪皑皑
或是秋风渐凉

平　原

一排排的杨树年华正好，它们列队站立
纤细的手臂托起了苏北的天空
我看到了没有展开的平原，多好啊
温暖的四月和阳光，草木怀孕，麦苗青青
覆盖了经年的贫困与饥饿

车辆向前，细小的风移动着黄沙
反光镜里倒退着那么多的植物
它们一路后撤，纷纷交出了过往的岁月
交出了少年、桃花、流水……
教室里最后一排的座位
还有你洁白的牙齿和笑容

如果将图片放大，还可能看到更多
看到沙河、彭口、竹园
越来越接近的出生地、烈日下的晒场
井台、坍塌的老宅和地下的亲人

看到背井离乡后演绎的悲欢和离合
看到被移栽前的根

如果将色彩褪去，换成黑白
就是一部旧电影：灶台幽暗
余温正在消失的灰烬，天空低垂
阴冷的傍晚，压迫着低矮的窗户
连油灯都是沉默的，一根火柴
早就被它幻化成了遥远的星光
有人摸黑回到了屋里
有人上半夜就出了远门
有人早早退场了
还有人一直在剧情里隐身

这个黑白还会连接着一个人的档案
连接着籍贯、成分、生辰，以及
带有密码的基因
那时我们经常会发现一个人说话
会有另一个人的声音
一个人行至中年
突然就会在一张旧照片中出现
直到有一天我终于明白，一个人
确定会在无法屏蔽的黑白里度过一生

如果我没有猜错

此时你就隐藏在图片的后面
听着我无法节制的自言自语
多好啊，有人忘情倾诉，有人侧耳倾听

我还想告诉你我看到的，车轮向前
一个渐渐分离的心思和身体
她的手抬起又落下，随手拍下了
不曾停留的时光、荡漾的春风
鸟儿飞过的痕迹，还有不曾说出的
微小的喜悦和叹息

电线杆一个连着一个，正在深入
那个葱茏的村庄。我又看到了
那里仍然是无限的烟火和人间

槐　花

多年前乡村的夏天
树影斑驳，阳光遍地
屋前屋后，我邻家姐姐和妹妹
在快乐地汲水和浣洗
这些槐花一样的女子
有着槐花一样的馨香

槐花走在七月八月
从小院一直来到沭河堰上
我看见她也站在树下
她的唇和呼吸都有槐花一样的芬芳
天空真是晴朗，云也一动不动
那些夏天漫无边际
环抱在我十八岁的河边

那时槐花一片洁白
少有心事，也不知道忧伤
风一吹就落英满地

小　镇

风吹过农贸市场，连同摆摊的人
被一起吹散
太阳落入丛林，群山在黑暗里
站起身子
小镇一下子被捧在黄昏的手心

一个多么安慰和惆怅的时间啊
正被多少人用来等待和怀念
几个高音喇叭站在小镇的高处
它们对着黄昏张大嘴巴
却没有喊出一句话来

小学校的铁门紧锁着
一杆国旗不断地在风中练习伸展
几辆外省的货车停在路边
盖好了篷布，明天就要离开
它们永远怀着一颗流浪的心

邮电所还在镇政府对面
它的平房被贴上了瓷砖
想那时，一个邮筒里有多大的世界
我们看不见

几株杏花伸出墙来，落满一地
它们屏住呼吸，不问生死
“有多少命运能够终老故乡啊？”
……想着想着，几滴雨就滴了下来

明天就是清明了吧
乌云在头顶上悄悄排好队
小酒馆里，我们又一次端起酒杯
努力地加深着小镇的温度

杏花在寒冷中张开了翅膀

汽车和拖拉机一路驶过
它们碾过碎石子，灰尘飘起又落下
这像是去年的春天，一个孩子
在路上，走着走着就没了踪影

黄昏里，河水东去
杏花在寒冷中张开了翅膀
它们飞离地面
像是谁提着的一盏灯
去了另一个天涯

只剩下这棵老树了
它的动脉硬化，内分泌失调
身体里储存了更多的难言之隐
多少年了
冰冷的骨骼里仍然抽出了
细细的叶片

你说过，给盛开者以孤独
或是让孤独者盛开
你也说过，谁能给寂寞者
更高的天空

晚风又一次穿过喀拉达拉
穿过了村庄更深的寂寞

一 生

泉水翻滚，细沙弥漫
俯下身子，可以触摸到清澈的寒冷和寂静
芨芨草在路上，托起了摇晃的影子
溅出的水滴，瞬间消失于浮起的烟尘

令人怀疑的黄昏，如果你能看到
此刻的大地身世模糊
像一艘船，孤悬在遥远的异乡

草滩，蚂蚱，裸露的石块和艾蒿
这些苍白的词，是一群被人遗弃的孩子
它们匍匐在地，向着天空瞪大了眼睛

爬过高坡，我在一块石头上坐下
那些风从高处吹来，抚摸过我微微的喘息

那时我还没有戴上眼镜

但足够望穿落日下的河坝
望穿草尖和云层
我抬起头的时候，黄昏如此辉煌而盛大
和我今天的理解竟如此相同

当我想起了那个下午
几十里的山河
一个人已经在那里度过了自己的一生

对　岸

如果我想起那个下午
夕阳就正好落在了河水的中央
对岸，有巨石挺立
一个涉水的人逆流而上
他的脚下布满隐藏的旋涡和暗影

河水平静，如果离得再远一些
就可以听到持续的涛声
它们覆盖了黄昏里所有的空旷
沙棘、水鸟、漂浮的断木和细细的白沙
对岸，是另一处江山

河水东去，一直在奔赴着
那个未知的故乡
河坝里，有它们无意中丢弃的一切
这个下午，那些蹚过水的牛羊
包括我，都是它们遗弃的人间

村　子

想起那个村子
就会想起一年的大雪小雪
和屋前屋后不远不近的山
此时，四季都叠在了一起
杨絮飘飘
麦苗青青
山高水远
西风瘦寒

我在村口，远远望去
几只鸡鸭在落雪的沟渠里徘徊
两口水井，已被岁月掩埋
慢慢移动的，还是那些萧瑟的牛羊
一些蒿草正在努力地挺直腰身

这是一个下午时分
一群乌鸦起起落落

几只狗还在村头游荡
我看见，一个孩子
正穿过麦茬，迎风奔跑
还有一抹夕阳，正在果园、草垛
和墙头上依次走过

风

风，从西面一路咆哮
在我身体的某个部位切开伤口
多年后都无法愈合

没人知道，在风中
一个孩子的痛
一场大风，就能将我小小的身体吹跑
我看见一群麻雀和斑鸠
缩在草垛里，对我瞪大了吃惊的眼睛

和牛羊一样，我无法知道
明天和地理之外的东西
更没有一个能飞的翅膀
姐姐，有时我会跟在她后面
她会为我挡住一些风

在背风地方，我会打开

课本和一些不知名的东西
会想一些遥远的事情
好在，还有这一点点
这微弱的东西
可以让自己步履蹒跚

风中的孩子
未及成年，就已满目沧桑

那时的我

那时经常停电
我会在油灯下读书写字
或者画一些不知朝代的人物
灯花爆裂，像流星陨落
抬起头，窗外就会映出一个美丽的女子

那时，我常常会生活在宋朝、唐朝或者更远
经常会去造访关公、秦琼
岳飞和林冲，有时也会去
看看郭靖和杨康，以及少林寺的一群和尚
梦里，“王”字的帅旗猎猎作响
我金戈铁马，沙场点兵
当然，有时也会一个人行走江湖
仗剑天涯

那时的伙伴们都会玩玩髀石
或在背风的墙根下烧个土豆

我却钟情那宽大的水袖和纸做的乌纱
有一天，我也认识了李白和杜甫
也会摇头晃脑，咬文嚼字

那时，我经常在想自己是谁
因为什么来到世上
我有时也会爬上自家的屋顶
或登上低矮的土墙
望着远方，满怀惆怅

兄　弟

提起这两个字
我就会想到刘、关、张
兄弟，我们也曾用半瓶红酒
在村头，撮土为香

兄弟，想起你们
我就想起邻村的小学
我们披着一块油布或化肥袋子
从墙角溜出
我们的老师，一个“盲流”
还在用难懂的方言扯着嗓子

兄弟，那时我们都不大不小
整天心神不定，渴望流浪
那时，我们谁也没有努力读书
但有很多理想
那时我们不知道自己会长大

有一天会有人
叫我们老公或者爸爸

兄弟，我曾为你的爱情感动
你说你喜欢的那个女孩哪怕成为瘸子
你也要照顾她的一生
我也告诉过你们我憎恨继母
长大后会给她一笔钱，然后一刀两断

那时候，我们的理想就是能够找到师傅
学得武功高强，然后侠肝义胆、除暴安良
兄弟，为此你去了少林寺
没多久，你又满怀失望回到家乡
千辛万苦，你不愿多说
兄弟，我们知道，你没有见到一个电影里的和尚
往后的日子，都很无聊
我们和村里的土狗一样，游手好闲

后来我上了中专
你们一个去学了大工
一个离开村子不知去向
偶尔也会收到你们一两句问候
但我无法知道你们在哪一个外乡
一年冬天，听见陈星在唱《流浪歌》
兄弟，不知你是否听到

是否已经和我一样泪流满面

我不知道自己这些年都在忙些什么
我也好久没去看你双目失明的父亲
他是否还是一个人在路边敲着脸盆说书
几天前，梦中我又回到了村里
看见一群孩子从我身旁走过
兄弟，我无法猜测他们中间哪个就是我们
也无法想象他们的未来

一场雪

一场雪覆盖了四月的喀拉达拉
四月的大地看起来多么干净
多么空旷，多像一只羊空空的胃

一只羊抬起头，它的眼睛迷茫
它的口水滴在雪上，薄薄的
正由温润变成冰凉

一场雪在四月里覆盖了一群羊的饥饿
加重了那些黯淡的时光
成为一群羊挥之不去的忧伤

四月里，一场雪推迟了一只羊
远行的脚步
推迟了它怀乡的念头
将它从离乡的路上唤回

早　上

他坐在我对面，脚下躺着一个纸箱
像是刚下了夜班车
他正在吃馕、喝茶、咀嚼
喉结一伸一缩，不断发出声音

中间，他好像有点热了
解开衣领，露出秋衣
又松了一下帽子，额头有光亮在闪
他拿起一张餐纸，压住自己
轻轻地咳了一下，迅速地瞟了我一眼
付过钱后，他又回到原地
默默地点起了一根烟

我想起了十几年前的一个早上
父亲从县上来
我开门的时候，看见门前的草地上
铺满了霜

他坐过的台阶下，一堆烟头里
有的还在冒着烟

一棵芦苇

现在我看到的一片低洼之地
随着麦地的起伏正趋于平缓
一棵芦苇高过小麦、葵花，高过
渠边的流水和白沙
它的芦花飘扬，正把整个秋天举向空旷

在喀拉达拉，没有什么比一棵芦苇
更接近天空
更接近那些高处的寒冷
它像云一样铺开自己的孤独
向更远的地方延伸

这人间有多少东西无法挽留
它试图劈开整个秋天，无数次
举起利刃又放下
这个秋天，还有多少人无家可归
一棵芦苇低着头，想着想着

天就暗了下来

我看见一阵秋风吹来
瞬间就将它的头顶吹白

故　园

关山万里，一滴泪穿透了黄沙漫漫
故园东望，一只雁正飞越玉门和秋风

亲人们都已作古
我万里而来，在苏北
奔着村外的几抔黄土
我几世的先人，还不知道他们之前
我就开始远行
石磨、井台、一对掉漆的木桶
还有亲人的坟茔
背着这些我离家越来越远
身后的故园就成了旧时的天空

一粒种子从此在异乡的大地上奔跑
故园无路，荒草无边
我在先人的目光里
开始沉浮人生

在沙漠和平原之间
我时常会倚墙而卧，大口喘气
岁月的青草和故园往事
让我想起已经忘却的尘缘

还是你，在一声叹息之后
无边的苍凉
如果现在是暴雨骤停
或有一丝风起
如果是人去屋空，故园还是黄昏
我会转过身来
在夕阳下和你紧紧相拥

一年春草

一年东风依旧
一年春草连天

这一年谁还在江湖上漂泊
一年的牵挂留在了谁的心上
一壶浊酒今宵别梦
一声长叹多少往事前欢
一年的落花留不住一年的流水
我看见一个断线的纸鸢渐行渐远

一年的雨水湿了北方的天空
一年的燕子还音信无凭
这春日的黄昏，我看见
一个少年怀揣爱情在陌上
望眼欲穿

多年的古道萋萋无数

多少红花绿树起起伏伏
想这良辰美景，那人不在
这春天的旷野竟也如此荒凉

一年春草，大地苍茫
天涯连着天涯啊
这一年你是否会在江湖上老去
这一年你从哪儿回到故乡

一九八八年的桃花

平林深处
一株开在苏北的桃花
被我猛然撞见
这是一女子的闺房
深藏的芳菲，暗香浮动

这是一个下午，你在春风里摇曳
含笑侧目，相视盈盈
那一刹那
我就看出了你笑容里的寂寞
这人群之外，独自的黄昏
谁能知道一朵桃花的一生

你知道有一个人会来
会走进一朵桃花的梦
这多像我经年想念的红颜
一直想要的爱情

今天的沭河堰上，像是长安城外
草长莺飞，春风依旧
却难寻你旧时的芬芳
几千年了，感觉还是那首唐诗
想你已经回到了唐朝
我的心竟然和崔护一样隐隐作痛

一株桃花开在了一九八八

第四辑

流水的光阴

流水的光阴

光阴似流水
而我确认一截流水就是一段
可以看得见的光阴

现在，我看见的这一截流水
它寂静、漫延、悄无声息
在秋天的阳光下行走
它的每一寸光阴都渗在了大地的深处

我无法描述光阴的流逝
就像无法描述鸟群飞过的天空
包括那些欲望、疼痛、起伏和跌宕
都无法证明这个世界的全部
它们最终都会在一段又一段的光阴里
走向虚无

我也无法在有限的光阴里得到什么

一个人不会比一截流水走得更远
它的重量甚至比不上一粒沙子

此时，我觉得这一截流水越来越接近
澄明和安详。就像在这个秋天里
我的那些剩下的光阴
等秋风吹凉了大地
我只要它的一点点温暖和平静

乌鲁木齐的小雨

小雨淅沥，楼顶是去年的雪
车辆在冷水里移动

歌声隐约，歌手隐身于城市的上空
声音嘶哑，喊那些离家的人
有人停下脚步，在雨中
张望着一个多年未见的背影

风穿过大街，匆匆地
仿佛在寻找一个人
高架桥如延伸的冬天，遮住了路边的树
春天了无痕迹
你回过头来，那个背影已汇入人流

最亲切的是广告牌的脸
我们只看到了它的笑容

小酒馆里，一个异乡人端起酒杯
又一次饮下了自己的困顿和叹息

岁　末

诗写完后，肉身坠入虚空
房间静默，像是被甩出地球
他突然看到了一种隔世的生活

电视仍关着
但里面肯定有一个故事正在上演
而另一个频道
主持人也可能正在播报一个新闻

手机沉默
一个即将到来的电话或许正在途中
水壶，茶杯，架子上的衣物
这一切都在原地
它们看着我，不说话
似乎都有着难以猜测的内心

年关将近，大雪覆盖的天空

装扮着凋零后的繁华
万物归隐，毫无出路

多么需要一场大梦啊
将活着和故去的，来到和消失的
一一对接

——香烟还在缭绕
似乎它一直在思考

重 阳

不插茱萸，也无须登高
白内障的眼睛已无法看到更远的地方

一曲采桑子，从十七岁唱到今天
六十年秋风啊，山高水远
还有多少花开花落，儿女情长

九月初九，阳光灿烂
我看到八千朵菊花正远离家乡
我还看到八千朵菊花在天山之巅
秀发飞扬

九月初九，是一杯酒
六十年也是一杯酒啊
这一杯饮下不全是岁月
还有命运，和命运里那些多病的时光

她在我对面，端起一杯酒
双手抖动，泪眼模糊
今天我看到的
是不是一朵菊花的一生

城市的秋天

公交车蜿蜒而来，它的身影疲惫
经过新华西路的时候，喘了口粗气
再次消失在街头

一群鸽子划过塔吊，带着微弱的哨音
落入一片阴影
鲜花终于枯萎，它们被搬上垃圾车
空出了多余的街道

这个秋天没有什么改变
依旧是落叶飘零，空气降温
黄昏时，太阳依旧落到了高楼的深处
人们依旧脚步匆匆，看不到更远的天空

只有白杨树还在坚守
但歌声已远，远到了另一个城市
那人已远，远到了另一个秋天

旧时光

一渠流水在屋后悄无声息
一些游荡的风正穿过村庄
一辆马车从这里经过
由远而近地消失在午后的小巷

我偶尔会想起那些旧时光
我简单的生活像正在生长的玉米和麦子
无论清晨还是傍晚
都独自面对茫然的大地和天空

一九九〇年，那个唱恋曲的罗大佑
成为我的兄长
我心里从此有了苍茫的天涯
和一个漂泊的行踪

那些夏日的午后会有一段小号
隐隐约约，漫过河水，漫过麦田

漫过乡村和旷野，抵达一个人的内心
我看见一个飘飞的裙裾之上
有一个少年寂寥的目光
那是我无奈的青春

这羸弱的青春不能经受人间之痛
无论是一些放大的痛苦
还是小小的悲伤
都会让青春在瞬间破碎
或者改变方向

旧时光并不美好
虽然我一次又一次穿过黑暗
不愿回头
可又时常想起

致孔灏

酒到七分，整个城市晃了又晃
在连云港听不到大海的涛声

苏北的秋后，阳光慵懒
我说，此时小于醉，大于微醺
你说，此时市声消隐，桂花呼吸平静
可随后，你为何要把一生的错误
都归咎到一根落地的针

“你要是个美女就好了”
你的直白让我心存愧疚
“若心中还有一丝俗念，也不总在勉强自己了”
我总在默念这个句子，并为自己找到了理由

其实我真正羡慕的是
你可以随意地把你的笔抬起
又可以随意地放下

这个世界上所有沉重的问题
你都可以做一声轻轻的回答

今夜，我真正是身披北国的冰雪啊
你是不是还在南方吟风弄月

在春天

我看见的蒿草是去年的
它们头顶籽粒，挣脱了
一场又一场大雪
正等待着来年的春天

它们中间有苦豆子、灰灰菜和荨麻草
它们历经世事
枯黄中都有着一颗坚忍的心

年关已过，鞭炮声稀疏
雁群横过天空，声音忽高忽低
它们带着隔年的书信穿过云层

城南大道已经修到了更远的地方
两排杨树站在路边
一辆又一辆的货车正隆隆地驶过乡村

此时的风同样令人纠结
是哪一年？我们看见那个挥着手帕的人
我记得你那时的表情
面对着雪山，沉默着或抬起头
一闪而过的笑意

清　明

正午的阳光照在墓园里
鞭炮声时断时续
我们都仿佛看到了被唤醒的亲人
正从另一个世界匆匆赶来

斟酒、上香、依次磕头
说话声低低的
往事模糊，在记忆中越来越远
悲伤已经被削减得若有若无
多少年过去了，他们早已远离了
病痛和灾难

上完坟，我们收拾东西
说起了一些刚刚发生的事情
是啊，亲人们都有了一个安稳的去处
再也不用我们惦记了

哥　哥

这个墓台上空无一物
大理石反射着空洞的光线

碑上刻着
哥哥方君之墓
四川××县人，生于一九七九年
卒于二〇一〇年
妹妹方静泣立

照片上的哥哥，刚刚而立之年
他的笑容年轻，身着新婚的礼服
他的旁边一定还有另一个人
我们看到了他短暂的幸福
现在却难以猜测另一个人的去向

这是一个什么样的故事
不去说哥哥了，他只是一个异乡人

悲伤永远是活着的
只是这个清明，妹妹在哪里

今天我好像忽略了自己的亲人
陷入了一个陌生人的悲伤
我的眼里涌起了一位妹妹的泪水
面对一个无人问津的墓碑
真想替她痛哭一场

秋　日

塔吊上的人走了
也带走了在烈日下画过的弧形
现在，工地上只剩下
钢铁耸立的孤独

窗户开着，可以看到合上的书页
帘子晃动，书中的故事已经安静下来

远处的白云像山峦，也像一位旁观者
谈话声渐渐低下来
我听到了你的叹息，落叶一般

秋天，只隔着一条街道
汽车像流过的水
尾气在阴影中消散

一排排座位依旧空着

这个下午，我一直没有看到
那个在林荫路上徘徊的人

火　车

黑夜里，到站了
有人开始收拾行李，下车
他抽身离去，床铺余温尚在
像一个掏空的窝

又一个人上来了
匆匆地找到了这个床铺
黑暗中，他安置好行李
再安置好自己
躺下，用手机发了一个短信

火车重新启动
一会儿，他就接着那个人的梦
开始奔赴下一段行程

他们擦肩而过。几分钟时间
他们就错过了一个百年的修行

阔洪齐之南，尘土飞扬

阔洪齐之南，我的理解
应该是知天命以后的人生，附加了
一段虚设的意义

日光在桥头摇晃，尘土飞扬
村庄脱去旧衣裳
未曾告别过的泥泞和荒草
又度过了一个冬天

杨树伸出灰色的枝条
指向深蓝的天空
去年曾有人见过
一行大雁从阔洪齐的上空飞过
也有人见过，野鸽子忽高忽低
仍在一片麦地里流浪

蒲公英闪着绿，一场春风将来未来

没有人能够去证实一个悄悄的预言

这荒废的大地，没有更合理的解释了
阔洪齐的春天，我独自拥有了
一段荒废的时光

桥　头

当水从这里经过时，我们觉察到了
自身的局限
隐去浪花的水，带来了陌生和流逝
交给一个村庄无限的静止和时间

当风和尘土经过时
我们觉察到一个村庄也是辽阔的
它的生长被埋于地下
它裸露的身体是一个空空的行囊
它暂时的喧嚣，像是世界虚构的一个容器

牛羊们走远了，一群土著背负着
发白的日光，从桥上经过
栏杆像一个无所事事的旁观者
更像是一个旧时代

三月，水泥般的坚硬和沉默

这一年，我也和它们一样
经过了阔洪齐的春天

落日避过桥头，潜入杨树
制造出的虚幻
晚风中，有人从桥上慢慢地走下来
也有人穿过桥头，隐入另一处夜色
而桥下的水，像是一个人的影子
独自去了另一个方向

新年致辞

老树如铁，乌鸦洗净了羽毛
多么好啊，新年的黄昏
大地茫茫，雪无限地白

万物又老了一岁
只有这个黄昏还是新的

在河的南岸，或者更远
在白雪铺就的大地上
如果可以，我想追逐那颗落日
一直走下去

从现在开始，一天一天地变旧
这新的一年

穿过二〇一九年二月某日的傍晚

落日从高楼上滑下
把残留的汁液涂在楼群顶端
那些静止或流动的事物
它们的影子都与暮晚混为一体

正午融化过的积雪，已经变硬
这暮晚的街市，冰冷又开始弥漫

衣衫褴褛，一座废弃的楼
寒风从碎窗里穿过
无法确认是哪一年
大街上仍是这些陈旧的照片

再往前走，就用不着回忆了
低着头的人们，停下来
揪心的喇叭，车流缓慢
其实，你从前认为不能忍受的人生

甚至漫长的平庸
都在暮色里一点一点消失

如果不曾离开过
我可能对于这个初春的傍晚
还是一无所知

风从另一个街道吹来

风从另一个街道吹来
这料峭的黄昏，风在冰凉中
捎带着往年的亲切

凌乱的电线分割了天空
然后不知去向
狭窄的人行道，路面湿滑
一群陌生的人，匆匆地
踩着鸟儿依稀的粪便

乌鸦开始回归，先来的几只沉默着
呆坐在树上
它们盯着那个乞丐，调置好音箱后
将唢呐举向了天空

有夜的光，开始一闪一闪地
滑过汽车的引擎盖

落在车灯上

沿街的灯笼摇晃，落满风尘

关于海的历史

一排排海浪迎面而来
所有的水前呼后拥地奔赴海岸

当海水退去，沙滩重新成为一张白纸
大海，又一次开始了重新书写的历史

大　海

长久地凝望大海，我们能说出什么?
年复一年的凝望
我们并不能从远处等来什么

那些从远处来到海边的人
谁能够面朝大海，让自己重新活过

海水仍然是昨天的
它们一次次告别，又一次次回来

大海从未远离
我们也从未失去

海　岛

我总是叹息这一小块国土
却拥有一颗大海之心
像那些被一次次放逐
却心怀故国的人

从渡轮上望去，它稀薄的背影
替代了一头巨鲸在水中沉浮

把自己放逐得更远
可以独自拥有一颗落日
并在落日下
堆起一座流亡者的坟

它时常会放弃自己的身世
把自己作为一件祭品
一次次地投送大海

不能和大海谈起悲伤

大雨纷飞，除了这海水
大海只剩下了苍茫

现在，不能和大海谈起悲伤
如何谈起——
那么多的绝望已经被海水淹没

也不能向大海提出疑问
那些消失的浪花，在黑夜里
一次又一次地保持了沉默

这宽阔的海面，海水倾斜
海岛起伏的身影从未停止过

大雨纷飞
天空只是送来了更多的水
连地球都漂在了海上

岱山岛的下午，渡轮开始启航
像是运送一群末日的人
从一个世界奔赴另一个世界

天色暗下来
海水像痛苦一样，没有形状
海水也一直是混浊的
像这个世界的本色

在海边

海浪涌过礁石，无数次地冲刷
洗净了它们的肉身和骨骼
鸥鸟从天空掠过，落下的羽毛
珊瑚一般地纯粹

想起来，你我都是漂浮之物
我羞愧于自己的偏隘
那些所谓的历史
还远远没有成为一座岛屿

来到海边的人
他获取了一面大海的镜子
一面沉默的镜子
滞留了黄昏里微弱的光
他难以把握自己
和潮水一样流逝的悲伤

“每一处大海都被我视为孤独的源头”
大海没有安慰过什么人
大海只是把一个人送走
又迎接另一个人

石　壁

把一块石头凿空，交付给大海
用来收藏一盏渔火，一片蒲草
用来收藏一场来自太平洋的台风

在大海的中央
它可以让一潭清水，修炼得波澜不惊
它还可以让几条无所事事的鲤鱼
躺在一小块悠闲的水域里
倾听着大海的涛声

在岱山岛我扔出一个漂流瓶

省略了姓名和性别
只写下一串手机号码
在岱山岛，我扔出一个漂流瓶

一个瓶子在大海中漂泊的时候
我们早已在人海中漂泊
比一只瓶子尝到了更多的咸

如果你能拾到这瓶子
就一定能找到我
可找到了我
又有什么意义呢

不是每一个漂泊的命运
都有相遇的可能

也可能这个瓶子沉入大海

成了礁石的一部分

也可能你拾到这瓶子的时候
大海已经干枯
也可能那时所有的电话
都是一个空号

海　祭

把龙王请出大海
给他唱歌、跳舞，敲锣打鼓
敬上香火、五谷、糕点和美酒
再献上一只笑眯眯的猪头

要献上一篇雄浑、感恩的祭文
感谢上天的风调雨顺
感谢大海的慷慨解囊
还要感谢众多的水族

鞭炮炸响，礼花四溅
穿过蒙蒙细雨，大海的天空
感谢这个千年难遇的盛世
一个小小的海岛，歌舞升平，鱼虾满舱

一群来自四面八方的人
见证了这盛世中的一个片断

每人享受了一杯姜汤
并从大海那里领走了一个平安符